MATÍAS
dibuja el sol

para Teresa Novoa
para Verónica Uribe

Edición a cargo de Verónica Uribe

Dirección de arte: Irene Savino

© 2002 Rocío Martínez, texto e ilustraciones

© 2002 Ediciones Ekaré

Edif. Banco del Libro. Av. Luis Roche, Altamira Sur.

Caracas, Venezuela.

ISBN 900-257-261-6

Hecho el depósito de ley lf1512001800177

Impreso por Tesys Industria gràfica, S.A.

Fotolito: Pacmer, S.A.

www.ekare.com

02 03 04 05 06 07 08   10 9 8 7 6 5 4 3 2 1

Rocío Martínez

MATÍAS
dibuja
el sol

EDICIONES EKARÉ

Matías tiene un lápiz nuevo.

Ha decidido dibujar el sol.

Está muy contento.

Después de varios intentos le gusta

el último dibujo que ha hecho.

—¡Qué hermoso dibujo! -dice Samuel.

—Pero ése no es el mejor -responde Matías.

—¡Nunca he visto un dibujo tan bonito!

—exclama Antonia.

—Pero ése tampoco está bien —protesta Matías.

—¡Esto es una obra de arte! -asegura Tomasa.

—¡No! ¡No! -grita Matías.

–¿Qué sucede? –pregunta Penélope extrañada.

–¡No saben nada de nada! Esos están fatal –explica Matías–.

Éste es el mejor dibujo del sol.

—Pero esto no es un sol
—dice Samuel—. Éste es el retrato
de mi hijo antes de salir
del cascarón.

—Y esto no es un sol
-agrega Antonia-. Es la luna
reflejada en mi poza.

—Esto tampoco es un sol
—añade Tomasa—. Es la entrada
a mi madriguera.

—¿Ves? -dice Penélope-. Todos tus dibujos han gustado,
aunque cada uno los vea a su modo.

"Vaya", piensa Matías,

"mis dibujos pueden verse

de mil maneras diferentes".